~~Lundi~~ 17 Mars 90

V

LES LUNDI 17 & MARDI 18 MARS 1890

HOTEL DROUOT, SALLE N° 8

VENTE DUBESSY

EXPOSITION PUBLIQUE

Le Dimanche 16 Mars 1890

DE 1 HEURE A 5 HEURES 1/2

Me Paul CHEVALLIER

COMMISSAIRE-PRISEUR

10, rue de la Grange Batelière, 10

M. Charles MANNHEIM

EXPERT

7, rue Saint-Georges, 7

HOMO
ADDITUS
NATURA

CATALOGUE

DES

OBJETS D'ART

ET D'AMEUBLEMENT

des XVe, XVIe, XVIIe et XVIIIe siècles

Faïences italiennes, de Nevers, d'Alcora, etc.

Porcelaines de la Chine

Bronzes — Cuivres — Fers — Landiers et Chenets de la Renaissance

Sculptures en bois — Marbres — Terres cuites

Vases en granit montés en bronze doré

MEUBLES EN BOIS SCULPTÉ

Meubles marquetés et incrustés — Sièges

TAPISSERIE

Broderies — Soieries — Livres

Le tout appartenant à M. DUBESSY

ET DONT LA VENTE AURA LIEU

pour cause de cessation de commerce

HOTEL DROUOT, SALLE No 8

Les Lundi 17 et Mardi 18 Mars 1890

A 2 HEURES

Me PAUL CHEVALLIER	M. CHARLES MANNHEIM
COMMISSAIRE-PRISEUR	EXPERT
10, rue de la Grange-Batelière, 10	7, rue Saint-Georges, 7

EXPOSITION PUBLIQUE

Le Dimanche 16 Mars 1890, de 1 heure à 5 heures 1/2

CONDITIONS DE LA VENTE

Elle sera faite au comptant.

Les acquéreurs payeront, en sus des adjudications, *cinq pour cent* applicables aux frais.

L'Exposition mettant le public à même de se rendre compte de l'état des objets, il ne sera admis aucune réclamation une fois l'adjudication prononcée.

Paris. — Imp. de l'Art, E. MÉNARD ET Cie, 41, rue de la Victoire.

Désignation des Objets

FAIENCES

1 — Urbino. Plat à cavité centrale, décor polychrome représentant l'un des travaux d'Hercule. xvie siècle. — Diam., 28 cent.

2 — Urbino. Coupe sur pied à décor polychrome : Apollon et Daphné. xvie siècle. — Diam., 27 cent.

3 — Urbino. Coupe sur pied à décor polychrome: Départ de César pour l'Égypte. xvie siècle. — Diam., 28 cent.

4 — Urbino. Plat à décor polychrome : le Sacrifice de Paul-Émile. xvie siècle. — Diam., 29 cent.

5 — Urbino. Plat à décor polychrome, représen-

tant l'incendie des vaisseaux, sujet tiré de *l'Iliade*. XVIe siècle. — Diam., 25 cent.

6 — La Frata. Grand plat à ombilic et pourtour godronné à décor de feuillages et de mascarons gravés et émaillés en couleurs; un buste de guerrier casqué décore l'ombilic. Cadre noir et or. — Diam., 44 cent.

7 — Urbino. Salière triangulaire à ornements en relief, élevée sur griffes et décorée d'écussons armoriés. Émaux de couleurs. — Haut., 18 cent.

8 — Castel-Durante. Cornet à décor polychrome de rinceaux fleuris sur fond bleu avec médaillon à figure de saint. — Haut., 31 cent.

9 — Caffagiolo. Coupe à piédouche et à couvercle à décor de trophées d'armes et de rinceaux en camaïeu bleu. — Haut., 32 cent.

10 — Castelli. Grand plat rond à décor polychrome, représentant le siège d'une ville. Au marli, des trophées d'armes sur fond blanc. Cadre noir et or. — Diam., 48 cent.

11 — Urbino. Grand plat rond à décor polychrome : Apollon et les Muses. Cadre noir et or. — Diam., 42 cent.

12 — La Frata. Gourde formée d'une couronne portant sur un piédouche et surmontée d'un goulot accoté de deux anses ; décor à feuillages relevés de bleu et d'ocre rouge sur fond d'émail jaunâtre. — Haut., 26 cent.

13 — Faïence italienne. Plat ovale à bord festonné à figures et ornements gaufrés en relief sous émail blanc ; reproduction d'une pièce d'orfèvrerie. — Long., 41 cent.

14 — Faïence italienne. Grand plat à décor polychrome, représentant le Passage de la mer Rouge. Cadre noir et or. — Diam., 43 cent.

15 — La Frata. Plat à décor de cartouches armoriés et de chérubins gravés sous couverte et décorés en émaux de couleurs. Cadre noir et or. — Diam., 35 cent.

16 — Castelli. Plaque rectangulaire à décor polychrome, composition mythologique. — Haut., 15 cent.; larg., 21 cent.

17 — CASTELLI. Plaque rectangulaire à décor polychrome : Paysage avec rochers et ville forte, au bord de la mer. — Haut., 23 cent.; long., 24 cent.

18 — TALAVERA. Gourde lenticulaire décorée en bleu sur émail blanc ; d'un côté, un cheval ; de l'autre, un oiseau. — Haut., 82 cent.

19 — ALCORA. Plat rond à décor bleu sur émail blanc : figures, grotesques, oiseaux fantastiques et bordure à rinceaux et feuilles. — Diam., 40 cent.

20 — ALCORA. Deux plaques en hauteur et octogones, à bords saillants formant encadrement, et à décor polychrome, représentant l'Été et l'Hiver ; l'une est signée : *Cros Pt* ; l'autre, des initiales : M : P : e : — Haut., 25 cent.; larg., 17 cent.

21 — CASTELLI. Deux assiettes à décor polychrome : paysage et bordure à rinceaux sur fond jaune. — Diam., 18 cent.

22 — CASTELLI. Plateau circulaire à décor poly-

chrome, représentant le Jugement de Pâris ; en bas, une armoirie. Cadre noir et or. — Diam., 29 cent.

23 — Nevers. Statuette de Sainte Madeleine, représentée couchée sur le sol, les cheveux épars, la tête appuyée sur la main gauche, la main droite posée sur une tête de mort ; elle est vêtue d'un manteau bleu doublé de jaune. Décor polychrome au naturel. — Long., 85 cent.

24-25 — Nevers. Deux grands plats décorés en bleu de figures, de paysages, d'oiseaux et de bouquets. — Diam., 56 cent.

26 — Avignon. Grande aiguière de forme italienne, à anse contournée s'appuyant sur un mascaron chimérique. Émaux flambés, brun et blanc. — Haut., 56 cent.

27 — Nevers. Plaque rectangulaire décorée en bleu, jaune et rouge du sujet de l'Annonciation ; au revers, quelques ornements tracés en bleu et le mot : *Explicantibus*. — Haut., 32 cent.; larg., 24 cent.

28 — NEVERS. Bouteille à double renflement et à décor polychrome : figures, oiseaux et fleurs. — Haut., 24 cent.

29 — AVIGNON. Pot surbaissé et couvert, émaillé brun, et à décor de chevaux et de lions en bas-relief. — Haut., 18 cent.

30 — NEVERS. Assiette blanche portant l'écusson armorié de Port-Royal en bleu, jaune et rouge. — Diam., 24 cent,

31 — NEVERS. Gobelet à piédouche, à réserves lobées, à fleurs sur fond poudré de brun.

32 — NEVERS. Deux bénitiers.

33 — Plat en terre émaillée dans le style de Palissy ; au fond, la famille de Henri IV en bas-relief ; au bord, des montants radiés à marguerites et godrons. — Grand diamètre, 31 cent.

34 — Haut-relief en terre émaillée : saint Bruno agenouillé ; la tête, les mains et les pieds en terre réservée ; la robe émaillée blanc ; la figure se détache sur un fond de rochers émaillés bleu

et couronnés d'arbres émaillés vert. Atelier des della Robbia. — Haut., 45 cent.; larg., 30 cent.

35 — Hispano-mauresque. Vase ovoïde muni de quatre goulots formés de têtes d'animaux en ronde bosse, décoré d'ornements à reflets métalliques. — Haut., 20 cent.

36 — Hispano-mauresque. Bas-relief rectangulaire représentant la Vierge et l'Enfant Jésus, dans un quadrilobe avec figures d'anges dans les écoinçons. Émaux blanc et bleu et reflets métalliques. — Haut., 55 cent.; larg., 42 cent.

37 — Plat hispano-mauresque à ombilic. décor à reflets métalliques relevés de bleu. Cadre noir à bord octogonal. — Diam., 25 cent.

38 — Autre plat à feuillages et quadrillages. — Diam., 38 cent.

39 — Deux plats hispano-mauresques à ombilic, décoré de motifs en jaune chamois à reflets métalliques.

40 — Faïence espagnole. Plaque rectangulaire à

*

décor polychrome, représentant des Espagnols jouant aux cartes. — Haut., 33 cent.; larg., 40 cent.

41 — Grand plat à décor rayonnant en bleu et rouille, imitation de Rouen. — Diam., 60 cent.

PORCELAINES DE CHINE ET DU JAPON

42 — Très grand vase-balustre d'ancienne porcelaine de la Chine et du Japon, à décor en émaux de la famille verte représentant des rochers, des arbustes, des fleurs et des oiseaux. (La partie supérieure du col manque.) — Haut., 66 cent.

43 — Grosse potiche couverte, à décor bleu : figures, habitations, paysage, etc. Socle en bois. — Haut., socle compris, 73 cent.

44 — Potiche décorée en émaux de couleurs de réserves en forme de feuilles et de médaillons lobés, contenant des bouquets et se détachant sur un fond émaillé bleu d'eau et chargé de petits rinceaux blancs. A l'épaulement, un lambre-

quin à motifs de fleurs arabesques sur fond jaune et rouge alternés. — Haut., 34 cent.

45 — Beau vase-rouleau décoré, en émaux de la famille verte, d'une composition à nombreux personnages assemblés sur une terrasse dallée, d'un groupe de divinités, de paysages. A l'épaulement, quatre réserves contenant des objets sacrés sur un fond vert quadrillé. Au col, une scène enfantine. — Haut., 42 cent.

46 — Deux potiches ovoïdes à couvercles, à décor d'oiseaux, de branchages, de fleurs et de lambrequin en bleu, rouge et or. — Haut., 60 cent.

47 — Grande et belle potiche en vieux Chine, à couvercle surmonté d'une chimère ; elle est décorée en émaux de couleurs, de figures de cavaliers galopant dans la campagne et tirant des lièvres, des oiseaux, etc.; en bas, pente d'ornements; à l'épaulement, bordure à fleurs avec réserves contenant des fruits. — Haut., 64 cent.

48 — Vase-rouleau d'ancienne porcelaine de Chine de la famille verte, à grand compartiment, représentant des personnages dans une barque. Au

revers, des inscriptions; à l'épaulement, une bordure mosaïque et des réserves à objets mobiliers; au col, un paysage. — Haut., 48 cent.

49 — Plateau à bonbons en sept pièces décorées en émaux polychromes de branches de fleurs et d'une bordure lambrequinée rehaussée d'émaux roses. — Diam., 44 cent.

50 — Grande bouteille, à corps ovoïde et long goulot, décorée de dragons et de nuages en bleu sur un fond imbriqué simulant des flots, en rouge de fer. — Haut., 50 cent.

51 — Vase en forme de balustre, à col très évasé, décoré d'un large lambrequin chargé de fleurs et d'oiseaux, et de groupes de vases et d'objets mobiliers en émaux multicolores de la famille verte. Socle en bois de fer. — Hauteur totale, 46 cent.

52 — Deux beaux sucriers couverts, munis de deux petites anses et décorés extérieurement et intérieurement de motifs de fleurs en bleu, vert, rouge et or. Monture en argent, à pieds godronnés. — Haut., 19 cent.

53 — Bouteille à corps ovoïde et long goulot, en céladon turquoise truité. — Haut., 43 cent.

54 — Deux grands sucriers couverts à fond émaillé brun, et réserves en forme de feuilles, occupées par des bouquets de pivoines en émaux de couleurs. — Haut., 23 cent.

55 — Deux cornets quadrangulaires à renflements médians, décorés en émaux de la famille rose, de figures, d'intérieurs et de paysages. — Haut., 27 cent.

56 — Deux petites potiches à fleurs et papillons en relief d'ancienne porcelaine du Japon, décorée en bleu, rouge et or. — Haut., 23 cent.

57 — Deux jardinières, semi-ovoïdes, à décor de plantes aquatiques en bleu sur émail blanc. — Haut., 17 cent.

58 — Deux potiches turbinées à bases évasées, décorées en émaux de la famille verte, de scènes familières composées de nombreux personnages. — Haut., 35 cent.

59 — Grande potiche couverte décorée en bleu sur émail blanc d'une cavalcade. — Haut., 78 cent.

60 — Potiche turbinée à décor de chimères et de fleurs arabesques en émaux de la famille verte. — Haut., 33 cent.

61 — Potiche ovoïde et couverte surdécorée d'oiseaux et de fleurs en émaux de couleurs sur fond noir; le couvercle est surmonté d'une chimère. — Haut., 45 cent.

62 — Deux cornets fuselés en Chine, de l'époque de Kien-Long, à décor polychrome, représentant une cérémonie religieuse. — Haut., 40 cent.

63 — Bassin oblong à bords godronnés et décoré en bleu. — Long., 31 cent.

64 — Deux vases à six pans et à couvercles surmontés de chimères ; ils sont décorés sur chaque pan de scènes familières peintes en émaux de couleurs et encadrées de rinceaux sur fond mosaïque. — Haut., 49 cent.

65 — Deux vases à fleurs, carrés, évasés du haut

et offrant sur les deux faces une scène familière à personnages en bas-relief; émaux de couleurs, avec rehauts d'or; bordure mosaïque. Dessus percé de cinq ouvertures et muni de deux poignées. — Haut., 26 cent.; larg., 21 cent.

66 — Deux petits plats longs et octogones à armoiries en bleu et rouge. — Long., 27 cent.

67 — Deux petits bassins octogones contenant un dragon en relief, émaux polychromes. — Diam., 7 cent.

68 — Deux vases d'ancienne porcelaine de l'Inde, en forme de balustres aplatis et à couvercles surmontés de chimères, décorés de compartiments représentant des scènes familières, se détachant sur un fond à dessin mosaïque; anses à têtes chimériques. — Haut., 45 cent.

69 — Vase turbiné, d'ancienne qualité, à décor de zones d'arabesques gravées sous couverte gris bleuâtre. Le bas du vase est craquelé. — Haut., 40 cent.

70 — Plat long et octogone en vieux Chine, décoré

en émaux de la famille verte; au fond, un paysage avec habitations, tours, palmiers, etc. Au marli, quatre réserves contenant des oiseaux, sur un fond d'émail vert pointillé de noir et décoré de pivoines en rouge et or. — Long., 65 cent.

71 — Flacon à thé hexagonal en ancienne porcelaine de la Corée, offrant sur chaque pan une branche en fleurs, en émaux de couleurs ; haut et bas émaillé bleu et rehaussé de dorure. — Haut., 18 cent.

72 — Jardinière semi-ovoïde à petit bord plat, en vieux Chine émaillé bleu poudré et à décor de fleurs arabesques en dorure. — Haut., 19 cent.

73 — Jardinière semi-ovoïde à bord plat en vieux Chine à fond bleu marbré avec fleurs d'aubépine en réserve et médaillons lobés représentant des brûle-parfums et divers ustensiles. — Haut., 19 cent.

74 — Jardinière semi-ovoïde à décor bleu : paysage montagneux, figures, etc. — Haut., 18 cent.

75 — Jardinière semi-ovoïde à paysage en bleu. — Haut., 16 cent.

76 — Pitong hexagonal à décor de réserves rectangulaires et circulaires à motifs de fleurs, sur fonds variés de couleurs. — Haut., 14 cent.

77 — Chat assis émaillé noir et à ornements en réserve; plinthe carrée à pourtour quadrillé vert. — Haut., 25 cent.

78 — Bol décoré en émaux de la famille verte, à médaillon de fleurs et bordure quadrillée interrompue par des réserves occupées par des poissons. — Diam., 15 cent.

79 — Vase ovoïde et à col évasé décoré d'oiseaux volant à travers les branches d'un pêcher en fleurs, bleu, blanc et rouge de fer sur émail blanc. — Haut., 20 cent,

80 — Pitong cylindrique de la famille verte, à décor de chevaux se promenant à travers des flammes et des nuages. — Haut., 13 cent. 1/2.

81 — Compotier du Japon à bouquet central et bordure de feuilles, d'entrelacs, et de guirlandes en bleu avec rehauts d'or. — Diam., 28 cent.

**

82 — Deux potiches en porcelaine moderne à décor de fleurs arabesques émaillées en couleur sur fond noir. — Haut., 35 cent.

BUEN-RETIRO

83 — Deux vases en porcelaine de Buen-Retiro à culots godronnés et piédouches sur plinthes octogones avec rehauts d'or; ils portent les armes d'Espagne en rouge et or. — Haut., 23 cent.

84 — Deux vases couverts en porcelaine de Buen-Retiro, décorés de bouquets en bleu avec rehauts d'or. — Haut., 17 cent.

OBJETS VARIÉS

85 — Tableau-reliquaire de forme rectangulaire et à deux faces, en mosaïque de pierres dures, de marbres, d'ivoire et de nacre, sur laquelle sont espacées des miniatures sur vélin sous verre, représentant les Évangélistes et les emblèmes de la Passion. Travail vénitien du XVIe siècle, exécuté pour le Levant. — Haut., 55 cent.;

larg., 40 cent. Ce tableau est fixé à pivot dans une armature supportée par une plinthe de marbre noir ayant pour pieds des sphinx en cuivre. Cette monture est moderne.

86 — Petit cabinet en bois d'ébène, décoré extérieurement et intérieurement de plaquettes à figures allégoriques et cavaliers en bronze doré du XVIe siècle. — Haut., 24 cent.; larg., 23 cent.

87 — Grande aiguière en verre bleu de Venise, garnie d'une monture en cuivre gravé et doré, signée sous le piédouche et datée 1726. — Haut., 45 cent.

88 — Deux vases côtelés en verre vert, garnis d'une monture en cuivre doré, composée d'anses figurant des cornes d'abondance, de mascarons, de termes et d'un piédouche feuillagé. — Haut., 30 cent.

89 — Croix processionnelle en cuivre gravé, ayant gardé des restes de dorure, et garnie aux extrémités de branches de losanges (incomplets) champlevés et émaillés. Italie, XVe siècle. — Haut., 65 cent.

90 — Crucifix italien du XVIe siècle ; croix en cristal noir de Bohême, Christ et ornements en bronze doré, base en ébène, avec appliques et chérubins en cuivre. — Haut., 68 cent.

91 — Coffret rectangulaire en ivoire, à petites rosaces ajourées, garni d'écoinçons et d'un fermoir en argent ancien. Travail d'Arkhangel. — Long., 20 cent.; larg., 14 cent.

92 — Petit vitrail rond : Apparition du Christ à un prêtre à l'autel. Fin du XVIe siècle. — Diam., 23 cent.

93 — Montre Louis XVI en or gravé, et enrichie de jargons, et une châtelaine de même époque, en cuivre doré.

94 — Montre de dame en or, à rosace guillochée et entourage de demi-perles.

95 — Bague, broche et pendants d'oreilles ornés de pierres de couleurs.

96 — Médailles et monnaies en argent.

97 — Divers petits objets : cadre Renaissance, médaillon armorié, triptyque russe, petites peintures.

98 — Miniature italienne de forme ovale, sur vélin : Tobie et l'Ange, dans un cadre en cuivre doré. XVIIe siècle. — Haut., 29 cent.

99 — Cadre italien lobé, décoré de mascarons rapportés ; cuivre doré. Fin du XVIe siècle. — Haut., 20 cent.

100 — Très grand plat rond en bois peint et doré ; au centre, des armoiries espagnoles ; au pourtour, trois zones concentriques à figures et ornements. — Diam., 85 cent.

101 — Petit trictrac en ébène et écaille incrusté de nacre. — 22 cent. sur 22 cent.

102 — Quatre reliures des XVIe et XVIIe siècles, en maroquin gaufré et doré.

103 — Cadre en bois sculpté contenant une aquarelle représentant l'intérieur de l'église de Sainte-Marie-Majeure à Rome. — Haut., 28 cent.; larg., 39 cent.

104 — Cadre italien bois doré contenant un tableau : la Vierge allaitant l'Enfant Jésus.

105 — Tableau : Portrait d'un prince espagnol dans un cadre noir décoré de nielles en dorure. — Haut., 75 cent.; larg., 60 cent.

106 — Deux tableaux, nature morte, école espagnole, cadres dorés.

107 — Divers tableaux, gravures.

108 — Environ 150 volumes reliés anciens et modernes, parmi lesquels : les Mémoires de Philippe de Comines ; les Mémoires de Saint-Simon ; Histoire des douze Césars, de Suétone ; Histoire de France, d'Anquetil ; le Consulat et l'Empire, de Thiers ; Moyen-Age et Renaissance, de Paul Lacroix ; l'Inde des Rajahs, par Rousselet, etc., etc., et plusieurs lots de volumes brochés : romans, etc.

SCULPTURES EN BOIS

109 — Haut-relief en chêne sculpté ; groupe de trois figures : la Vierge, la tête ceinte d'une cou-

ronne, l'Enfant Jésus et sainte Anne, placées dans une stalle à nervures ogivales. Travail flamand du XVe siècle. — Haut., 1 m. 10 cent.; larg., 58 cent.

110-111 — Deux hauts-reliefs, rectangulaires en hauteur, l'un représentant la naissance de la Vierge et l'autre la Nativité; bois sculpté, peint et rehaussé d'or. Importantes compositions fort intéressantes pour la richesse des costumes. Espagne, XVIe siècle. — Haut., 2 m. 10 cent.; larg., 1 m. 15 cent.

112 — Haut-relief en bois sculpté et doré : la Nativité ; la Vierge en costume du XVIe siècle et une sainte femme sont agenouillées devant l'Enfant couché sur un lange; saint Joseph debout tient une lanterne. Espagne, XVIe siècle. — Haut., 75 cent.; larg., 65 cent.

113 — Statuette de Richard Cœur-de-Lion, en armure, coiffé d'une toque et portant l'enclume. Beau travail du XVIe siècle. — Haut., 60 cent.

114 — Statuette de sainte Catherine debout, la tête ceinte d'une couronne, portant un livre d'heures

et foulant aux pieds l'hérésie. Bois sculpté peint et doré. XVIe siècle. — Haut., 90 cent.

115 — Statuette de l'archange saint Michel en bois peint et doré. Espagne, XVIIe siècle. Haut., 34 cent.

116 — Statuette de femme assise et ayant sur les genoux un plat de fruits ; bois sculpté, peint et doré. Espagne, XVIIe siècle. — Haut., 40 cent.

117 — Deux torchères en bois sculpté et doré, formées de statuettes de femmes portant un cul-de-lampe, debout sur des bases triangulaires flanquées de consoles. XVIIIe siècle. — Haut., 1 m. 38 cent.

SCULPTURES, MARBRES, TERRES CUITES, ETC.

118 — Bas-relief rectangulaire en marbre blanc : Christ en croix, saint Jérôme et saint François ; le ciel est doré. Le pied de la croix porte gravée la signature : *Pavlvs Ortiz, 1481*. — Haut., 50 cent. ; larg., 40 cent.

119 — Deux bustes en terre cuite : Turenne et Bossuet, sur piédouches en bois peint blanc et doré de l'époque. — Haut., 70 cent.

120 — Deux girandoles style Louis XVI ; bouquets de fleurs à trois branches porte-lumière en bronze doré s'échappant de grands vases ovoïdes en granit de l'Hellespont, garnis de tête de bélier, de guirlandes, de ceintures de feuilles et d'un tore de laurier en bronze doré. Plinthes carrées en marbre portor. — Haut., 1 mètre.

121 — Petit bas-relief ovale en ivoire sculpté, représentant Léda ; dans le style de l'École de Fontainebleau. — Haut., 11 cent. ; larg., 15 cent.

122 — Laocoon et ses fils, groupe en albâtre d'après l'antique ; piédestal rectangulaire. — Haut., 46 cent.

123 — Deux consoles-appliques en marbre blanc, à tablettes carrées, bordées de moulures et d'un denticule et supportées par des cariatides à mi-corps se terminant en feuillages. Travail vénitien. XVIe siècle. — Haut., 33 cent.

124 — Bas-relief en stuc peint : la Déposition de la croix ; cadre Louis XIII. — Haut., 40 cent.

125 — Terre cuite, couleur bronze : statuette de satyre assis par terre et ouvrant la gueule d'un lion. XVIIIe siècle. — Haut., 15 cent.

126 — Tablette rectangulaire en lumachelle.

127 — Autre en griotte.

128 — Lot de marbres, granits, etc.

BRONZES — CUIVRES

129 — Deux chenets français en bronze, à patine brune, formés chacun d'une colonne cannelée d'ordre ionique, surmontée d'une flamme et reposant sur un piédestal carré que supporte une base à volutes et mascarons. Style de Du Cerceau. XVIe siècle. — Haut., 82 cent.

130 — Buste d'un empereur romain en bronze, à patine brune, la chlamyde drapée autour des épaules. Italie, XVIe siècle. — Haut., 44 cent.

131 — Deux chenets italiens de la Renaissance, en cuivre, en forme de balustres, à cannelures, godrons, têtes de clous à facettes, sur bases en fer forgé. — Haut., 46 cent.

132 — Sonnette en bronze, à décor de figures chimériques, de fleurons et de feuilles d'acanthe. Italie, XVIe siècle. — Haut. 14 cent.

133 — Deux chenets Renaissance, formés chacun d'un vase ovoïde surmonté d'une boule, à décor de mascarons et godrons, et reposant sur une base triangulaire supportée par un fer. Italie, XVIe siècle. — Haut., 65 cent.

134 — Chenet formé d'un lion courant, posé sur un socle rectangulaire creusé de cannelures rudentées. Bronze doré du XVIIIe siècle. — Haut., 30 cent.

135 — Deux chenets Louis XIII à boules superposées, sur bases à mascarons. — Haut., 50 cent.

136 — Deux pommes d'amortissement ornées de fleurons inscrits dans un treillis perlé. Bronze italien du XVIe siècle. — Haut., 20 cent.

137 — Deux bas-reliefs en bronze : Nymphes de la Musique. Bronze Louis XVI. — Haut., 18 cent.

138 — Deux sphinx en bronze Louis XIV, supports de pendule. — Long., 14 cent.

139 — Statuette allégorique : Femme assise, en bronze doré. Fin du XVIIIe siècle.

140 — Deux petits chenets en bronze doré ; modèle à vases creusés de cannelures obliques et enguirlandés de laurier supportés par des piédestaux cannelés. Époque Louis XVI. — Haut., 30 cent.

141 — Chandelier Renaissance en cuivre à moulures ; plateau ajouré et crénelé ; le pied repose sur trois lions assis. — Haut., 40 cent.

142 — Autre de même style à plateau ajouré et crénelé. — Haut., 38 cent.

143 à 145 — Six portes de chapelles en cuivre rouge repoussé et découpé à jour à figures, fleurs, feuilles et rinceaux. Travail italien du XVIIe siècle. — Haut., 80 cent. ; larg., 48 cent.

146 — Seau à eau bénite en cuivre de forme sphérique et à piédouche, muni d'une anse lobée et surélevée ; il est décoré de mascarons et de feuilles gravées. Italie, XVIe siècle. — Haut., 36 cent.

147 — Aiguière en cuivre rouge à godrons repoussés. Italie, XVIIe siècle.

148 — Bassin en cuivre repoussé à godrons.

149 — Coffret rectangulaire fermant à moraillon et à couvercle muni d'une poignée et portant la date 1691 ; cuivre rouge repoussé à motifs de feuillages. — Long., 30 cent.; larg., 15 cent.

150 — Lampe juive à quatre becs formés de têtes d'Orientaux et à tige ornée de feuilles. — Haut., 65 cent.

151 — Trois plats anciens en cuivre repoussé.

FERS

152 — Deux grands et beaux landiers en fer ouvré du commencement du XVIe siècle, à tiges qua-

drangulaires gravées, surmontées de boules en cuivre et reposant sur une base en arcade lobée. — Haut., 95 cent.

153 — Deux landiers en fer à tige prismatique gravée appuyant sur une branche en arcade et surmontés de boules d'amortissement en cuivre. — Haut., 78 cent.

154 — Grands landiers italiens en fer avec potences et porte-plats tournant, chaînettes, etc., les deux montants sont reliés par deux traverses, celle du haut décorée de fleurons rapportés. XVIIe siècle. — Haut., 1 m. 15 cent.; larg., 1 m. 15 cent.

155 — Devant de foyer en fer composé de rinceaux et de tigettes tordues en spirale. — Long., 1 mètre.

156 — Petit lustre à six lumières tout en fer forgé, décoré de feuillages et de fleurs. — Haut., 72 cent.

157 — Deux vases d'amortissement en fer surmontés d'un fleuron et décorés au pourtour de cornes d'abondance et de fleurs de lis alternées; ils ont

été placés sur des piédouches en bois. — Hauteur totale, 43 cent.

158 — Rondache à bandes d'ornements gravés, umbo conique et bord en torsade. — Diam., 55 cent.

159 — Esponton du XVIIe siècle, à fer gravé et hampe à pans revêtue d'étoffe et cloutée de cuivre.

160 — Poignée de meuble à mascaron chimérique, fixée sur une plaque à feuillages découpés à jour et repoussés. Allemagne, XVIe siècle. — Haut., 23 cent.

161 — Deux appliques à deux branches chacune, formées de bouquets de fleurs, en fer repoussé du XVIIIe siècle. — Haut., 65 cent.

162 — Trois potences en fer forgé, deux formées de rinceaux et la troisième de serpents.

163 — Plaque de cheminée en fonte du XVIIIe siècle.

MEUBLES EN BOIS SCULPTÉ

164 — Petite glace dans un cadre en bois sculpté à feuillages enroulés en spirale et cordon de culots en entredeux ; elle est surmontée d'un motif découpé à jour et composé d'un mascaron, d'une corbeille, d'attributs, d'une couronne et de guirlandes de feuilles symétriques retombant sur les côtés du cadre. Époque Louis XVI. — Haut., 80 cent.; larg., 56 cent.

165 — Miroir à glace biseautée dans un cadre de bois finement sculpté à tore de laurier, feuilles d'acanthe, etc. Travail de Bagard de Nancy. — Haut., 46 cent.; larg., 37 cent.

166 — Glace dans un cadre en bois sculpté et doré, à coins ornés de marguerites et de rinceaux ; il est surmonté d'un fronton à figure d'enfants supportant un buste de Minerve. XVIIe siècle. — Haut., 1 m. 20 cent.; larg., 74 cent.

167 — Glace en hauteur dans un cadre Louis XVI, sculpté et couronné d'un médaillon entre des rinceaux symétriques. — Haut., 1 m. 25 cent.

168 — Couronnement de cadre en bois sculpté et doré : Soleil au milieu d'un trophée d'armes. Époque Louis XVI. — Haut., 45 cent.; larg., 1 m. 35.

169 — Deux grandes colonnes torses en bois sculpté enveloppées de festons de vigne et surmontées de chapiteaux composites. La partie inférieure du fût est cannelée et entourée de draperies. Époque Louis XIII. — Haut., 2 m. 70 cent.

170-171 — Quatre colonnes torses enveloppées de feuillages et entourées d'une guirlande de laurier avec bases et chapiteaux composites. Époque Louis XIII. — Haut., environ 3 mètres.

172 — Table de l'époque Louis XV, en bois sculpté et de travail lorrain, avec dessus en granit vert des Vosges. — Long., 73 cent.

173 — Table carrée Henri II, à rallonges, supportée par cinq pieds-colonnes reliés à leur base par une entretoise. — 95 cent. sur 95 cent.

174 — Crédence pentagonale à panneaux sculptés figurant des fenestrages gothiques et des ser-

viettes repliées. Commencement du XVIe siècle. — Haut., 1 m. 50 cent.; larg., 1 mètre.

175 — Petit coffre décoré, sur la face et les côtés, de sept panneaux sculptés à pentes de feuilles, rinceaux et rubans. France, XVIe siècle. — Long., 90 cent.; prof., 50 cent.

176 — Grand coffre en noyer sculpté, offrant sur la face un grand bas-relief à personnages, surmonté d'une frise représentant des chiens chassant un sanglier; des figures allégoriques décorent les montants. Travail suisse du XVIIe siècle. — Long., 1 m. 42 cent.; prof., 62 cent.

177 — Coffre orné sur la face de deux panneaux sculptés : Sujets du Nouveau Testament, placés sous des arcades gothiques. — Larg., 1 mètre.

178 — Six panneaux de chêne formés chacun de caissons rectangulaires à moulures encadrant un bas-relief à figure mythologique, dans le style de Jean Goujon. XVIe siècle. — Haut., 37 cent.; larg., 68 cent.

179 — Deux portes en bois de chêne, offrant cha-

cune trois bas-reliefs superposés à figures mythologiques. Espagne, XVIe siècle. — Haut., 1 m. 25 cent.; larg., 38 cent.

180 — Modèle, en bois de noyer, d'une façade d'église, à deux étages décorés de colonnes détachées et surmontées d'un fronton à tympan offrant un cartouche entre deux palmes. XVIIe siècle. — Haut., 95 cent.; larg., 85 cent.

181 — Petit temple carré à colonnes corinthiennes accouplées ; une balustrade couronne la corniche ; les faces latérales du monument sont percées de fenêtres à meneaux gothiques. — Haut., 30 cent.

182 — Grande armoire normande en chêne sculpté, à décor de médaillons, de corbeilles et de bouquets. Sous la corniche, colombes et grappes de raisin. Époque Louis XVI. — Haut., 2 m. 40 cent.; larg., 1 m. 50 cent.

183 — Piédestal quadrangulaire à moulures, offrant sur sa face principale un panneau sculpté à fleurs, feuilles et rinceaux, du XVIIe siècle. — Haut., 1 m. 5 cent.

184 — Baromètre circulaire surmonté d'attributs et de guirlandes en bois sculpté. Époque Louis XVI. — Haut., 90 cent.

185 — Deux supports italiens en bois sculpté, peint et doré, différents d'ornementation. XVIIIe siècle. — Haut., 26 cent.

186 — Petit support en forme de guéridon, à tablette de marbre bleu turquin, entourée d'une galerie de cuivre et supportée par trois pieds de bois sculpté figurant des jambes de satyres. — Haut., 20 cent.

187 — Deux socles de potiches en bois sculpté. Travail chinois.

188 — Couronnement de cadre formé d'un trophée d'armes et d'un écusson aux armes de la Saxe ; bois sculpté et doré. — Haut., 25 cent.; long., 55 cent.

189 — Deux consoles-appliques en bois sculpté, l'une gothique, l'autre Louis XIV, à mascaron. — Haut., 30 et 47 cent.

190 — Lot de frises, cadres, cariatides et fragments de bois sculpté.

MEUBLES EN MARQUETERIE, ETC.

191 — Commode Régence, de forme contournée, en marqueterie de bois de violette, à montants arrondis et cannelés, garnie d'entrées et de poignées du temps, en cuivre, redorées au mercure. Tablette en marbre brèche d'Alep. — Long., 1 m. 34 cent.

192 — Miroir de toilette Louis XIV, de forme contournée, pivotant entre deux consoles en marqueterie de cuivre et d'écaille surmontées de graines en bronze et fixées sur une table à tiroir, de même marqueterie, à pourtour décoré d'une boucle fleuronnée en bronze doré. — Haut., 50 cent.

193 — Beau bureau, de forme Louis XV, à pieds légèrement arqués et casier supérieur à coulisseau plaqué de bois violette et de bois rose. Le dessus est formé de trois vantaux à charnières;

celui du milieu pouvant tenir lieu de pupitre. — Haut., 96 cent.; long., 1 mètre.

194 — Table de trictrac Louis XV, à pieds légèrement cambrés, en bois satiné, garnie de chutes et de sabots en cuivre. — Long., 1 m. 5 cent.; larg., 55 cent.

195 — Bureau Louis XIV, en marqueterie de bois, à rinceaux foncés sur fond clair; le dessus se relève découvrant des tiroirs; il repose sur huit pieds carrés reliés par des traverses courbes en X. — Long., 1 m. 12 cent.; larg., 65 cent.

196-197 — Deux tables à dessus rectangulaire plaqué d'ébène et d'écaille, et incrusté de filets d'ivoire, sur tréteaux en bois noir tourné, maintenus par une branche de fer. Espagne. — Long., 75 cent.; larg., 53 cent.

198 — Commode Louis XIV, en marqueterie de bois satiné, à deux tiroirs et angles arrondis, garnie de poignées et d'entrées du temps, en bronze doré. Le dessus est bordé d'un quart de rond en cuivre. — Long., 1 m. 27 cent.

199 — Horloge Louis XIV, à gaine carrée en bois noir, surmontée d'une figurine du Temps, en bronze, d'après Coysevox. — Haut., 2 m. 15 cent.

200 — Jeu de trictrac en marqueterie de bois de l'époque Louis XIII. — 45 cent. sur 45 cent.

201 — Cabinet espagnol, en ébène avec incrustations d'ivoire figurant des oiseaux et des fleurs. Au centre de la façade, une porte, entre deux colonnettes supportant une balustrade, est ornée d'une plaquette gravée représentant Vénus et l'Amour. Ce meuble repose sur une table à tréteaux renforcés d'une armature de fer. Époque Louis XIII. — Hauteur totale, 1 m. 40 cent.; long., 1 m. 10 cent.

202 — Commode du temps de Louis XV, de forme contournée, laquée vert et garnie de belles poignées de tirage et d'entrées en cuivre ciselé et doré, formées de feuilles mouvementées et de rocailles. Dessus en marbre brèche d'Alep. — Long., 1 m. 24 cent.

203 — Miroir à glace biseautée, dans un large cadre

Louis XIII de bois noir à moulures guillochées. — Haut., 1 m. 25 cent.

204 — Petit cabinet vénitien, à façade architecturale décorée d'arabesques en dorure et de plaquettes en nacre. XVIe siècle. — Haut., 27 cent.; larg., 32 cent.

205 — Armoire Louis XIV à hauteur d'appui, en ébène incrusté de filets de cuivre, et décorée, au milieu des portes, d'appliques en bronze doré : les Travaux d'Hercule. — Haut., 1 m. 42 cent. ; larg., 1 m. 10 cent.

206 — Grande pendule et sa console-applique décorée au vernis de branches de fleurs sur fond vert et richement garnie de cuivres à motifs de rocailles et de fleurs ; elle est surmontée d'un dragon au pied d'un arbuste. Époque Louis XV. — Haut., 1 m. 40 cent.

207 — Armoire Louis XVI à deux portes vitrées, en palissandre et bois rose et à dessus de marbre. — Haut., 1 m. 30 cent.; larg., 1 mètre.

208 — Pendule de forme contournée sur son socle,

cul-de-lampe, d'une seule pièce en marqueterie de cuivre sur écaille rouge, décorée d'une miniature sur vélin et garnie de cuivres, chutes et figurines d'enfants. XVIIIe siècle. — Haut., 90 cent.

209 — Armoire à deux corps et à quatre portes, en bois de noyer décoré de filets et d'ornements en marqueterie de bois ; le corps supérieur, en retrait, est surmonté d'une corniche à denticules, oves, etc. Italie, XVIIe siècle. — Haut., 1 m. 85 cent.; larg., 1 m. 45 cent.

210 — Encoignure bombée, à deux portes, en marqueterie de bois de violette à losanges et treillis. Dessus en marbre. Époque Louis XV. — Haut., 97 cent.; larg., 68 cent.

211 — Petite table du XVIIIe siècle, à pieds contournés en bois peint à décor de fleurs. — Long., 70 cent.

212 — Bureau-cabinet en bois noir richement décoré de plaquettes à figures et arabesques en ivoire gravé. Travail italien. — Haut., 1 m. 40 cent.; larg., 1 m. 25 cent.

213 — Commode bombée à tiroirs sur deux rangs en bois de violette, garnie de cuivres : entrées, poignées, chutes à mascarons, sabots, et à dessus de marbre rouge veiné blanc bordé d'un quart de rond. Époque Louis XIV. — Long., 1 m. 32 cent.

214 — Console en bois noir, à moulures et ornements sculptés et dorés, supportée par quatre pieds reliés par des traverses en croix supportant un vase à flammes. XVIIIe siècle. — Long., 1 m. 10.

215 — Glace dans un encadrement monumental plaqué d'ébène décoré de gravures ; deux colonnes corinthiennes accouplées sont adossées à chaque montant et supportent un fronton entrecoupé à moulures guillochées. Époque Louis XIII. — Haut., 1 m. 26 ; long., 1 m. 20 cent.

216 — Bureau en noyer à pieds cambrés, décoré de bustes de femmes, de fleurs et de rinceaux sculptés et dorés. Les angles de la tablette sont arrondis et en ressaut. Midi de la France, commencement du XVIIIe siècle. — Long., 1 m. 18 cent.; larg., 68 cent.

217 — Petite table de dame, de forme ovale et sur pieds cannelés, en acajou, à tablette de marbre blanc, bordée d'une galerie de cuivre. — Long., 60 cent.

218 — Écrin porte-flacons, à abattant, en maroquin rouge couvert d'ornements dorés au fer et orné de médaillons peints à figures, dont un représente un doge. Travail vénitien du XVIIe siècle. — Haut., 37 cent.; larg., 35 cent.

219 — Console à pieds tors, moulures guillochées et dessus en marbre.

220 — Grande glace dans un cadre Louis XIII de bois noir, à moulures guillochées. — Haut., 1 m. 70 cent.; larg., 1 m. 30 cent.

SIÈGES

221 — Fauteuil Louis XIV en noyer sculpté, couvert en tapisserie au point à gros feuillages en couleurs sur fond noir.

222 — Deux chaises du XVIIIe siècle en noyer, à

pieds tournés reliés par des traverses doubles, recouvertes en tapisserie au point.

223 — Bois de fauteuil à feuillages et entrelacs sculptés, pieds cannelés. Époque Louis XVI.

224 — Fauteuil Louis XVI en bois sculpté et peint, à dossier carré.

225 — Quatre chaises anciennes à dossiers carrés et à pieds tournés maintenus par des traverses.

226 — Deux chaises anciennes à montants de dossiers reliés par deux traverses sculptées et par une galerie à balustres; elles sont couvertes d'ancienne étoffe brochée.

227 — Ancien tabouret carré en noyer, à pieds tournés et entretoise.

TAPISSERIES — BRODERIES — ÉTOFFES

228 — Tapisserie Renaissance représentant un homme prosterné devant un souverain oriental, assis sur un trône et tenant le sceptre. Bordure composée de cornes d'abondance, de guirlandes,

de figures d'enfants et de médaillons à paysage. — Haut., 3 m. 35 cent.; larg., 2 m. 45 cent.

229 — Trois bandes horizontales et deux montants d'ancienne tapisserie à motifs de fleurs et de fruits, disposés en lambrequins et rideaux.

230 — Petit carré en tapisserie de la Renaissance: Cavalier dans un médaillon ovale.

231 — Plusieurs fragments d'anciennes tapisseries.

232 — Grand tapis en tapisserie au point de soies et de laines de couleurs sur fond rouge, offrant au centre une armoirie encadrée d'entrelacs et de rinceaux et cantonnée de quatre blasons. Large bordure ornementale interrompue par des médaillons à mascarons. — 2 m. 10 sur 2 m. 10.

233 — Tableau en broderie de soies de couleurs : la Nativité. Cadre noir. XVIe siècle.

234 — Bande de chasuble Renaissance en velours bleu avec applications de soie jaune et broderie.

235 — Tapis carré de damas crème à fleurs et rin-

ceaux brochés en couleurs et rehaussés de fils métalliques.

236 — Quatre carrés et un lot de bandes en velours grenat décoré de figures et d'ornements en applications et broderie du XVIe siècle.

237 — Deux montants de velours grenat brodé et quatre petites bandes de velours à têtes de chérubins. XVIe siècle.

238 — Jupe de soie du XVIIIe siècle, à festons de feuilles, vert et or.

239 — Devant d'autel en brocatelle, à vases de fleurs et entrelacs en rouge sur fond vieil or.

240 — Devant d'autel Louis XIII, à grosses fleurs en broderie de soies de couleur sur soie blanche.

241 — Tapis de table en drap rouge avec applications de soie verte circonscrites d'un cordonnet.

242 — Tapis long de soie bleue, à coins brodés et entourage en dentelle métallique.

243 — Deux grands rideaux variés de dessin, en ancienne brocatelle verte et jaune, composés chacun de quatre lés et bordés d'effilés. Vingt mètres.

244 — Devant d'autel en velours de Gênes, à dessin grenat sur fond blanc. XVIIe siècle.

245 — Coupe d'ancien velours, à dessin velouté et bouclé en rouge sur fond jaunâtre.

246 — Bannière en soie rouge, tissée de fils argentés et décorée de rinceaux et du monogramme de la Vierge, en fils dorés.

247 — Serviette russe en toile brodée en couleurs, à médaillons contenant des figures et ornements variés.

248 — Deux longues bandes en tapis de la Savonnerie, à divinités marines en rouge sur fond vert.

249 — Lot de broderies et soieries anciennes.

250 — Rideaux, portières, tapis en moquette, etc., sous ce numéro.

www.ingramcontent.com/pod-product-compliance
Ingram Content Group UK Ltd.
Pitfield, Milton Keynes, MK11 3LW, UK
UKHW032008260826
14628UKWH00005B/2355

9 782329 483849